AF461824

EDOUARD GARGOUR

SOUVENIRS
DE
JEUNESSE

Fleri est amari...

— 1927 —
STAB. GRAFICO DANTE ALIGHIERI, M. AZZELLINO, Prop.
18, Via Abou Dardar - Telefono 59-26
ALESSANDRIA
EGITTO

TESTAMENT

Tout ici-bas est éphémère:
L'homme, tel qu'un frêle roseau,
Pour reposer dans un caveau
A chaque instant quitte la terre.

On ne sait ce qu'est la Misère;
On vit heureux: Ah! que c'est beau!
Mais une voix sort du tombeau,
Voix d'ami qui réclame un frère.

Pour te rester toujours, Ami,
Dans ce recueil où j'ai gémi,
Je te découvre un peu mon âme.

Oh! puisses-tu ne pas ternir
L'éclat de la vivace flamme
Où s'abrite le souvenir.

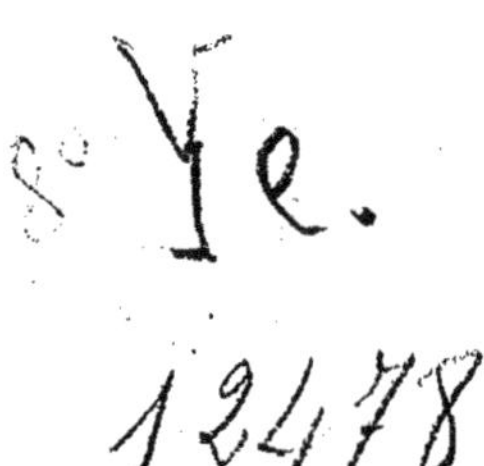

LE RETOUR

Lorsque sûr de son vol l'oiseau quitte le nid,
La mère, du regard, le suit avec tristesse;
Vers quel pays nouveau s'en va-t-il, le petit,
Qui, dans l'horizon bleu, promène sa jeunesse.

Il vogue dans l'azur, monte et s'évanouit,
N'écoutant que lui-même et tout à son ivresse;
Il n'entend déjà plus celle qui le nourrit,
Celle qui le couva de sa chaude tendresse.

Mais, l'amertume, un jour, apparaît à ses yeux;
Et tout désabusé, l'oiseau descend des cieux
Vers le nid où sa mère a gardé le silence....

Lui, qui fut quelque temps l'objet de sa souffrance,
Il la retrouve enfin, il pleure, il se repent:
La mère, oubliant tout, caresse son enfant.

LA SOLITUDE

Nous avons de tout temps aimé la solitude,
Nous, poètes d'un jour, pantins de l'infini;
Sans cesse, notre cœur, par quelque inquiétude
Aiguillonné, s'est cru, de l'univers banni.

Mais nous avons gardé notre fière habitude;
Au sein du bonheur même, elle n'a pas terni.
Si d'un ami bien cher l'âpre sollicitude
Nous manque, elle aussitôt dissipe notre ennui.

Elle sait procurer des charmes si suaves
— Sur ce monde trompeur, tout de haine et d'entraves —
Que nulle volupté n'a jamais égalés.

Du poète rêveur, plein de mélancolie,
Elle fait plus égale et plus calme la vie
Et rend la douce paix aux cœurs inconsolés.

ANNIVERSAIRE

Tous les jours sont pareils. Le soleil les éclaire
D'une même lueur qui n'a jamais pâli.
L'océan, dont le flot laisse le même pli,
Monte et pousse toujours des clameurs de tonnerre.

Tout me semble pourtant plus heureux aujourd'hui;
La fleur ne garde pas cet éclat éphémère
Que toute chose porte et qui nous désespère.
Pourquoi donc, ce matin, suis-je plus réjoui?

C'est qu'un constant bonheur dans le ciel se promène,
C'est que l'astre d'amour s'est levé sur la plaine,
C'est que le monde entier s'associe à mes vœux.

A de gais souvenirs, mon âme me ramène;
Je sens mon cœur vibrer de sentiments heureux,
C'est que c'est bien ta fête, aujourd'hui Philomène.

NOEL D'AMOUR

J'ai de ton souvenir plein les yeux, plein le cœur;
De ton exquise voix mon oreille bourdonne;
Mes rêves sont remplis d'une suave ardeur
Et leur joyeux éclat doucement t'environne.

Cette nuit de Noël où ta vive douceur
A fait bondir mon âme où ton regard rayonne,
N'a pas jusqu'aujourd'hui donné pareil bonheur,
Cette nuit de Noël que notre amour couronne.

Et ce Noël d'amour, qui nous revient vainqueur
Et qui chante en nos cœurs d'un accent qui résonne
Comme l'allègre son d'une cloche, frissonne,

Et murmure tout bas l'espoir tant caressé,
Que nous avions conçu par un beau soir d'automne,
Et qui serait bien près d'être réalisé.

PASSION

La tourterelle, auprès du mâle fasciné,
Se laisse abandonner à sa puissante étreinte;
Il bécotte bien fort, serre et, passionné,
Lui laisse, quelque fois échapper une plainte.

Ainsi, quand tu veux bien toute à moi te donner,
Je t'embrasse ardemment, te laissant mon empreinte;
Et l'extase, vers où mon cœur s'est retourné,
Etouffe les sanglots que tu pousses sans feinte.

Aime, quelque douleur que procure l'Amour;
Aime, pour le frisson divin que l'on éprouve,
Car le plaisir qu'on perd jamais ne se retrouve.

Aime, bien que cela puisse t'en cuire un jour
Et baiser pour baiser, lance toi sans faiblesse;
L'amour est le seul sort créé pour la jeunesse.

PIERROT ET COLOMBINE

La Mer était d'azur et le Ciel, perlé d'or;
Le Zéphyr, plus léger qu'une aile d'hirondelle;
L'Amante se sentait plus allègre et plus belle,
Et le calme planait sur l'univers qui dort.

A ses côtés, Pierrot, qui soupirait encor
Et qui bien vainement attendait un mot d'Elle,
S'était laissé bercer, sans guide et sans tutelle,
Par ses rêves aimés dont il suivait l'essor....

Tes yeux ont un éclat que seule chaque Etoile
Possède dans son blanc et doux scintillement
Et la Lune pour Toi rayonne au firmament....

Colombine, à tes pieds, vois-tu, moi, je dévoile
Le secret de mon cœur qui s'épuise à la fin....
Attendrie.... Elle se livrait toute au matin....

NOEL

Je crois en Toi, Jésus, en ce jour solennel,
Où le peuple, à genoux, t'adore et te révère;
Je crois en Toi, Jésus, mon divin petit Frère,
Qui viens nous visiter cette nuit de Noël....

Nous venons de subir la plus grande misère,
Tout a changé: seul, Toi, demeures éternel.
Les cœurs sont abreuvés de rancune et de fiel:
Viens rendre, en cette nuit, la douce paix sur terre.

Des cris de désespoir montent jusques au Ciel;
Les sceptres sont tombés dans la folle tourmente;
Jésus, viens consoler l'Humanité souffrante.

Viens sur les cœurs meurtris répandre ton doux miel;
Le monde est demeuré dans la suprême attente;
Jésus, viens ranimer la terre agonisante.

VICTOIRE

Jours sombres, jours de pleurs, passez, vous n'êtes plus ;
Chagrins amers, soucis profonds, larmes de rage,
Moments d'angoisse, horreurs, visions de carnage,
Retournez vers les lieux d'où vous êtes venus.

Héros des temps nouveaux, morts sacrés, disparus,
Tranquilles, reposez sous un ciel sans nuage;
Vous aviez craint tantôt la force de l'orage:
Les beaux temps, pour toujours, nous semblent revenus.

Clairons, sonnez bien fort, et vous aussi trompettes;
Nobles croisés du Droit, rentrez vos baionnettes ;
L'Aile de la Victoire a frôlé nos Drapeaux.

Ayant vécu les jours de deuil et de Victoire,
Je puis mourir, enfin, après ces temps nouveaux,
Où mon cœur, en sursaut, a vu passer la gloire.

AIMER

Non, aimer ce n'est pas une volupté vile;
Non, aimer ce n'est pas un plaisir passager;
Ce n'est pas ce que croit l'humanité servile,
Chez qui tout est impur, où tout est mensonger.

Aimer, c'est l'union d'un cœur non versatile,
A l'âme, où rien, pour lui, ne doit être étranger;
C'est l'union parfaite où la vie est tranquille,
Que rien ne peut troubler, séduire ou déranger.

Aimer, c'est se donner une fois pour la vie,
Faire, rien qu'une fois, des serments sans remords,
Seule une fois, mêler son sort à d'autres sorts.

C'est la constance même à la sagesse unie ;
C'est la tendresse jointe à la calme vigueur;
C'est un monde de riens où règne le bonheur.

APRÈS L'ORAGE

Au Pôle, il ne fait nuit qu'une fois dans l'année;
Après six mois, le jour reprend plus de clarté.
De même après avoir moi souffert, mon Aimée,
Je sens monter, au cœur, un Rayon de gaîté.

Et mon âme après s'être, un instant, renfermée
Dans une humeur chagrine où je m'étais jeté,
Pardonne au repentir que, ma douce adorée,
Tu daignes bien m'offrir pour ta méchanceté.

L'amour est plus suave après une tristesse ;
La vie est plus exquise après un long malheur ;
Il n'est rien de charmant et de plus cher au cœur

Qu'un repentir sincère où l'âme se délaisse.
Je t'aime; et mon amour, après s'être arrêté,
T'a grandie, à mes yeux, toi qui n'as pas douté.

AVEU

Ta beauté m'a séduit, toi, dont la forme humaine,
Cache, sans doute, un cœur que bien d'autres n'ont pas ;
Ange ou fille, on ne peut le deviner sans peine :
Si tu fus une fille, ange tu deviendras.

Je me suis demandé, parfois, quand j'étais las
De vivre ou de souffrir quelque douleur lointaine,
Si, jamais, le bonheur allait suivre mes pas
Et, pour toujours, briser les anneaux de ma chaîne.

Tes yeux ont, pour mon cœur, un invincible attrait.
Combien ont pu ternir ce miroir de leur âme
En arrosant leurs jours des flots de leur regret.

Les tiens gardent toujours une brillante flamme;
Je n'ose t'avouer qu'ils m'ont dit ton bonheur
Et qu'ils m'ont confié la garde de ton cœur.

REFUS

Confiant, il s'en fut au-devant de l'Aimée
Lui conter son amour, lui chanter son bonheur;
D'un vertueux parfum, sa belle âme embaumée
Rayonnait de plaisir, au sein de sa candeur.

L'Elue, elle par qui son âme fut charmée,
Répondit à son offre avec trop de froideur:
La blessure était vive autant qu'envenimée.
Il reprit affecté son hommage et son cœur.

Oh, j'ai peur qu'il me trompe, ajouta-t-elle, ensuite.
Mais, lui, loin de ses yeux, pour toujours, prit la fuite;
Meurtri, son cœur était plus triste qu'un tombeau.

Ah! ne le plaignez pas, gens d'un monde vulgaire;
Enviez son épreuve, admirez sa misère,
Car le Cœur qu'on refuse est encor le plus beau.

CRÉPUSCULE

Toi qui souffres d'amour et qui te meurs d'espoir,
Jette un regard aimé sur cette douce image;
Si ton cœur est atteint, va le donner ce soir,
Peut-être il serait tard d'attendre davantage.

Le véritable amour est seul un saint devoir;
Lui seul peut assouvir l'insatiable rage;
Lui seul peut consoler, lui seul peut concevoir,
D'idéales beautés, sans craindre le mirage.

L'ombre crépusculaire a couvert l'horizon;
Le soir descend; les cœurs palpitent sans raison;
La Belle attend celui qui l'aime et qu'elle adore....

Près d'elle un beau bouquet, uni, multicolore,
Se communique à l'air, dans son souffle embaumé..,
Glisse un rayon; le soir attend le bien-aimé...

TIENS! TU ME LA RAPPELLES

J'avais, dès le matin, dépouillé mon parterre
Des merveilleuses fleurs qui faisaient sa beauté,
Et je m'en fus avec jusques au cimetière
Pour embaumer un être à son amour ôté:

C'était l'auteur des jours d'une grâce sévère,
D'une enfant de seize ans, cœur encor respecté,
Vers laquelle, soudain, d'une amitié sincère,
Irrésistiblement, je me sentis porté......

Que de larmes, depuis, mon amour m'a values!...
Au sommeil j'ai livré, la nuit, plus d'un combat;
Ces peines, cette angoisse, elle les a voulues...

Une enfant passait là, d'un âge délicat,
Et lui tendant les fleurs qu'elle trouvait bien belles,
Pensant à l'autre, ému: « Tiens! tu me la rappelles »!...

DÉCLARATION

Comme le rossignol qui, dans la nuit venue,
Fait entendre des airs, merveilleux à ravir,
Ainsi, pour s'exprimer, mon âme toute nue,
A besoin d'être seule et de se recueillir.

Je ne vous connais pas; mais, de tendresse émue,
Et de troublante ardeur, je sens mon cœur frémir;
L'Etoile de l'Amour, soudain, m'est apparue
Et je ne voudrais pas me la voir dessaisir.

Aimer est le seul but que nous ayons en vue,
L'amour pur, éternel, sans aucun repentir,
Sans haine, sans remords, seul en son souvenir.

Cette félicité, hélas!, toujours perdue,
Les désirs inosés sont seuls à la ternir:
Aimer sans passion est un noble plaisir.

LE CŒUR QUI N'AIME PAS

J'entends, de loin, monter ta voix douce et plaintive ;
J'entends, distinctement, battre ton jeune cœur;
Et, malgré moi, je sens une larme furtive
Humecter mon regard trop tôt grave et songeur.

Mon âme, auprès de toi, quoique d'abord craintive,
A se sentir aimée éprouvait du bonheur;
Mais depuis ton départ, cruelle fugitive,
Elle s'est renfermée et songe à sa douleur.

Pourquoi m'as-tu quitté puisque je t'aime encore?
Pourquoi désespérer un cœur que tu charmais?
Pourquoi me dédaigner puisqu'avant tu m'aimais?

Si l'Amour disparaît comme passe l'aurore,
A quoi bon parcourir son décevant chemin?
Le cœur qui n'aime pas n'est pas un cœur humain.

RUPTURE

Nous nous aimions encor deux jours à peine;
Deux jours, à peine, ont séparé nos cœurs;
Et dans mon âme, où souffle son haleine,
Il est tombé des ombres de douleur.

J'ai conservé, de cette immense peine,
Un souvenir qui m'arrache des pleurs;
Mais je la vois impassible et sereine,
Comme si rien n'a troublé son bonheur.

Son cœur ardent a pris mon existence ;
De notre Amour, aucune souvenance;
A notre Amour, elle n'a plus songé!

Sans cesse, moi, je pense à sa tendresse;
Et quand je vins lui conter ma tristesse,
Je fus traité pire qu'un étranger.

AMERTUME!

Quand je ne serai plus qu'un vague souvenir
Que la plus douce brise emporte sur son aile,
Et quand loin de ton cœur, où je croyais vieillir,
Je serai relégué dans la nuit éternelle;

Quand, loin de tes beaux yeux, séduisants à ravir,
Regrettant l'heureux jour où je te connus telle,
En ton absence, hélas! je rendrai le soupir,
Après avoir pleuré ton amour infidèle;

Alors je sentirai mon cœur se soulever,
Cherchant autour de moi ta grâce souriante
Dont le charme demeure en mon âme gravé;

Et pleurant cet amour qui trompa mon attente,
A travers l'ombre noire où s'approche la mort,
Je craindrai de voir, tard, s'éveiller ton remord.

AIMER, C'EST.... SOUFFRIR

J'ai cru que le bonheur existait dans l'amour,
Qu'il suffisait d'aimer pour jouir et pour vivre,
Que l'amour rendait fou, que l'amour rendait ivre,
Mais j'ai bien dû, pourtant, en revenir un jour.

Mon cœur, en l'essayant, a souffert à son tour ;
Bien que l'ayant cherché, je veux qu'on m'en délivre,
Car la douleur n'a fait, jusque là, que me suivre
Et je voudrais le fuir, et le fuir sans retour.

Je plains ceux que le cœur entraîna dans la chute,
Les éconduits d'hier, victimes de la lutte,
La lutte pour l'amour engageant l'avenir.

Amis, renoncez-y, chassez toute tendresse
Et reniez l'amour, malgré sa folle ivresse,
Car aimer ici-bas n'est rien moins que souffrir.

L'AIMÉE EST REVENUE

Mon cœur a vu revivre en lui son espérance,
Et ses battements vifs ralentissent leur cours;
Mes accents ne sont plus des hymnes de souffrance:
Il renaît au bonheur de plus consolants jours.

L'aube a d'autres clartés jusqu'ici sans égales;
Les rayons du soleil versent plus de gaîté;
La rose offre au matin l'éclat de ses pétales;
La nature a connu l'ère de liberté.

L'aimée est revenue à ses amours premières;
L'amertume me semble un oubli disparu;
Des cris de joie, au Ciel, dissipent mes misères;
Je n'ai plus devant moi la main d'un inconnu.

SUCCÈS!

Bravo, Jean, l'horizon semble plein de promesses;
L'Avenir te sourit, le bonheur est à toi;
La Fortune enfin cède et comble de caresses
Ton cœur plein de courage et de vaillante Foi.

Poursuis donc ton chemin, ainsi, sans anicroches,
De succès en succès, jusqu'au grade final;
Et lorsque les Français auront vaincu les Boches,
Je voudrais admirer en toi, mon Général.

J'ai toujours eu l'attrait de l'habit militaire,
Et si l'art de chanter n'avait pas pris mon cœur,
Certes! j'aurais suivi ta belle carrière,
Qui donne à tout Pays, la Victoire et l'Honneur.

J'AVAIS UN PÈRE AUSSI

Comme vous, mes amis, j'avais un père aimable,
Dont le bon cœur, par tous, fut longtemps méconnu;
Et sa voix qui grondait, loin d'être détestable,
Semblait un chant aimé, maintenant disparu.

Comme vous, je craignais, jadis, son air sévère;
Comme vous, je craignais d'attirer son courroux;
Mais, je ne l'ai jamais vu méchant ou colère
Et pour nous corriger, il avait des mots doux.

Qui peut rendre à mon cœur l'affection paternelle
Que la nature seule a pu créer ainsi,
Dont la chère mémoire, à jamais éternelle,
Fait dire à l'orphelin: J'avais un père aussi.

LA PLAINTE D'UN PÈRE

J'ai vu ta naissance fleurie,
Jeune homme qui gâches ta vie;
J'ai pansé ton âme meurtrie:
Mais... tu ne m'as point respecté...

A tes heures de défaillance,
Je t'ai conseillé l'espérance,
Et j'ai soulagé ta souffrance:
Mais... toujours tu m'as détesté...

Aujourd'hui que l'on te délaisse,
Faisant appel à ma tendresse,
Tu viens me conter ta détresse:
Mais... jamais, tu ne changeras...

Car sitôt que mon cœur de père,
Cédant à ton humble prière,
T'aura sorti de la misère:
— Pauvre enfant, tu me renieras...

MAMAN

C'est mon dernier soleil que je vois apparaître;
C'est mon dernier soupir qui semble s'exhaler;
Vois: le dernier rayon glisse par la fenêtre;
Ne va pas, pour ma mort, maman, te désoler.

Il est, dans d'autres cieux, d'innombrables étoiles
Qui brillent d'un éclat jusqu'alors inconnu;
Mon âme, cependant, n'aura point tous leurs voiles
Lorqu'elle les aura rejoints et disparu.

Jeune encore, sur moi, toutes tes espérances
Se fondaient dans un clair et joyeux avenir;
Mère, en mourant, le Ciel m'épargne des souffrances;
Garde, de ton enfant, le plus cher Souvenir.

Je meurs; mais, je serais une nouvelle aurore
Qui sèchera tes yeux et berçera ton cœur;
Mort, je pourrais, le soir, te revenir encore
Et dans tes rêves d'or te combler de bonheur...

DÉCEPTION D'UNE AMOUREUSE

Hélas! je n'ai connu, durant mon existence,
Qu'un peu de joie au sein de laquelle toujours,
Tourne l'angoisse avide et plane le silence,
Le silence propice aux sincères amours.

Il s'en va, loin de moi, l'ami de ma jeunesse,
Loin de mon cœur meurtri qui saigne incessamment;
Il couvre mon bonheur d'une amère tristesse,
Moi qui l'avais toujours aimé fidèlement.

Le destin me l'a pris, brisant ma paix sereine;
Il livre à la douleur mon corps d'adolescent;
Et le soir, il me semble, en auscultant ma peine,
Voir l'oreiller mouillé d'une larme de sang.

Voilà ce que peut faire une amour déréglée,
Ce que la passion peut produire en nos corps;
L'âme-cette immortelle-hélas est désolée;
Le corps-ce cendrier-brisé par le remords.

TOI !

Quand l'astre du matin, sur la terre assoupie,
Etend ses bienfaisants rayons, humble mortel,
Quand au pied de mon lit, mon cœur s'élève au Ciel,
Toujours pour Toi, je prie.

Quand je me trouve seul, tout seul, mon cœur et moi,
Quand je sens approcher la fin de la journée,
Quand le vide se fait autour de ma pensée,
Toujours je pense à Toi.

Le travail est pour l'homme une pesante chaîne;
Mais du moment que Dieu nous donne un compagnon,
Il n'est rien de pénible et ton nom, ton doux nom,
Rend plus douce ma peine.

Quand le soir, à mon Dieu, renouvelant ma Foi,
Consolant, sans espoir, mon âme désolée,
Il ne se passe un jour sans que, ma bien-aimée,
Je ne rêve de toi.

L'ETOILE DE LA VIE

L'Etoile de la Vie a guidé ma pensée;
Errante, elle a couru des sentiers hasardeux...
Mais, lorsque j'ai voulu m'arrêter, dans les cieux
Un ange a relevé mon âme délaissée...

Ami, la tienne t'a suivi dès le départ,
Et constante et propice à tes rêves sublimes,
Elle semble monter avec toi vers les cimes,
D'où tu pourras plonger constamment le regard.

Le soir, quand sur le pont, au milieu du silence,
Ton doux cœur évoquait le bien-aimé foyer,
L'Astre de Bonne Augure est venu t'égayer
Dans la nuit sombre où l'homme a peur de la souffrance.

Suis ses reflets, suis-les, ils sont ton Avenir,
Ils sont la voie étroite où tu devras poursuivre
L'Idéal que jadis tu lisais dans le livre
Et dont tu devras bien plus tard te souvenir.

TORTURE

Oh! je n'espère plus vous revoir mes amies,
Chères heures de paix, écho de mon bonheur;
Nos tendresses d'hier sont maintenant ternies,
Mon pauvre souvenir arraché de son cœur.

En vain, j'ai rappelé sa dernière promesse,
Le beau temps de jadis, si vite disparu;
Bravant mon Souvenir, elle me fuit sans cesse,
Et pour son cœur de fer, je suis un inconnu.

En vain, j'ai combattu d'infâmes influences
Qui trouvaient ma disgrâce au mieux de leur profit;
Ces braves jouissaient de toutes mes souffrances
Et leurs vils procédés ont détruit mon crédit.

Je traînerai partout, dans mon fatal naufrage,
Ces instants douloureux d'une méchanceté;
J'invoquerai souvent sa bien-aimée image,
Afin de consoler mon cœur déchiqueté.

Oh! je n'espère plus vous revoir mes amies,
Chères heures de paix, écho d'une amitié,
Car nos relations sont à jamais flétries,
Et mon nom qu'elle aimait à jamais oublié.

AU COMMANDANT ROMIEU

Je ne vous connais pas, grand Commandant de France,
Mais, je me sens déjà votre ami devenir;
Car votre beau Drapeau me donne l'Espérance,
Moi qui, jusqu'à présent, n'avais fait que gémir...

Loin de votre foyer et loin de la Patrie,
Vous avez toujours su conjurer les périls;
Pleins de courage, Chef, vos, poilus, que j'envie,
A vos côtés se sont montrés toujours virils.

Moi qui n'ai pas hélas! cette faveur insigne
D'être soldat de France et de lutter aussi,
J'essaie, à ma façon, de m'en rendre très digne;
Mais d'Elle je n'attends pas le moindre merci.

Ma seule ambition et mon unique gloire
Est de pouvoir, un jour, l'exalter dans mes vers;
Pour Elle consacrer une hymne de victoire
Et la voir proclamer Reine de l'Univers.

C'est seulement alors, Grand Commandant de France,
Quand mon humble talent, pâlissant à son tour,
N'aura plus sa vigueur et sa prime vaillance,
Que je voudrais qu'on pense au poète d'amour.

LA FLEUR QUI MONTE JUSQ'AUX LÈVRES

C'était la reine du jardin,
Belle sur sa tige brillante;
Son doux parfum, dès le matin,
Rendait l'atmosphère enivrante.

Vint à passer le Bien-Aimé
Qui tout de suite en eut envie;
Et la cueillant, tout embaumé,
La fut porter à son Amie.

Cette fleur de l'Idolâtré,
La fleur qui monte jusqu'aux lèvres
Et qui voudrait y demeurer,
Fleurit dans un vase de Sèvres.

Son cœur n'était pas sans espoir,
Son âme non plus sans fortune,
Car les deux, juste au même soir,
Se promenaient au clair de lune.

Elle fleurit comme l'amour,
Grandissant toujours et sans cesse,
Et pour qui le bonheur d'un jour
Compense toutes les tristesses.

Oh! fleur qu'un amoureux discret
Immortalisa de sa flamme,
Puisses-tu vivre, sans regret,
Dans l'Enceinte de ces deux âmes.

DÉSIR!

Le cœur qui sait aimer ne peut pas refuser,
Car le désir conçu, dans une âme qu'on aime,
Doit être satisfait, sous peine de blasphème,
Sous peine de la voir, d'un seul coup, se briser.

Tu m'avais demandé, prié par une amie,
Téléphoniquement, de venir près de toi;
Comment pouvais-tu croire, oui, comment et pourquoi
Devais-je m'abstenir et t'attrister, Chérie? ..

Non, je n'hésitai pas; et jetant de côté
Les affaires d'un jour qui m'assaillaient sans cesse,
Je t'apportai mon cœur, mes yeux et ma tendresse,
Pour provoquer en toi joie et félicité.

Oh! je te comprends bien gentille adolescente,
Dont le cœur plein d'amour ne dort plus désormais....
Oh! je sais ce qu'il faut pour ramener la paix,
A ta vive jeunesse, à ta nature aimante....

Dors en paix, mon Trésor, car je reste toujours
Ton Ange qui, la Nuit, sur ta bouche vermeille,
Recueille tes soupirs, comme une ardente abeille,
Afin de les changer en sourires d'amour.

Dors en paix, car mon âme erre autour de ta couche;
Elle éloigne de toi les affreux cauchemars
Qui peuvent t'assaillir et couvrir tes regards:
Dors en paix, car mon âme erre autour de ta bouche.

Dors, Aimée, et que rien ne trouble ton sommeil;
Que les sereines nuits qui passent sur ta tête
Portent le Souvenir et le cœur du Poète
Qui préside à ton songe et charme ton réveil.

AIMONS!

A l'heure où le silence a gagné l'univers,
A l'heure où les rayons d'une lune argentée
Pénètrent doucement le sol et les prés verts,
A l'heure où la nature est sombre et désertée;

Quand lassé du labeur ardu de tout un jour,
Isolé, dans ma chambre, où, seul, je me renferme,
Il ne me reste plus qu'à penser à l'amour,
L'amour qui me soulage et qui me dit: «Tiens ferme»

Lorqu'avant de dormir je revois d'un coup d'oeil
Ce que j'ai fait durant la journée entière,
Ton Souvenir franchit de ma porte le seuil
Et berce mon sommeil, comme une jeune mère.

Ton image, Chérie, alors couvre mes yeux,
Guide mes songes d'or dans les plus doux domaines;
Et n'importe où je suis, bien loin où près des cieux,
Il me semble partout trouver des Philomènes.

La douceur de ton nom seule ravit mon cœur;
La tendresse amoureuse et la beauté profonde
De ton regard si pur, si calme et si rêveur,
Me font frémir d'amour et dédaigner le monde......

Tu souris et je trouve, en ton sourire exquis,
Un charme qui retient, une grâce troublante
Et je crois voir perler de précieux rubis
De ta bouche où je sens ta passion ardente.

Aimons; que ce seul mot nous ravisse à jamais,
Car l'Amour est divin, l'amour où l'innocence
Sans cesse, comme en toi, règne et vit désormais ;
Aimons et que ce mot prenne notre existence.

Aimons; car l'amour seul peut donner le bonheur;
Que vers l'amour, le sort, sans cesse, nous ramène ;
Toujours, à l'unisson, qu'il vibre notre cœur,
Moi t'aimer, toi m'aimer, à jamais ô ma Reine.

DÉSESPOIR

Un soir que j'étais seul devant mon souvenir,
Un de ces tristes soirs, créés pour la souffrance,
Un de ces soirs d'hiver, où tout semble mourir,
La nature et le ciel, l'amour et l'espérance;

Alors que je sentais saigner mon pauvre cœur,
Alors que je souffrais de ma première peine,
Traînant derrière moi le poids de ma douleur,
Souffrant tout ce que peut souffrir une âme humaine;

Une ombre douce et chère, à mes regards blessés,
Vint de ses ailes d'or, frôler mon âme errante;
Et cette vision des heureux jours passés,
En glissant devant moi s'arrêta haletante :

« Frère, m'a-t-elle dit, pourquoi t'abandonner,
« Au sombre souvenir d'un parjure volage;
« Tu ne savais donc pas qu'aimer c'est chagriner,
« Et que beaucoup souffrir c'est aimer davantage?..»

Et moi, le cœur noyé dans des tourments affreux,
Je ne pouvais répondre à ma consolatrice ;
Je revoyais les jours où je vivais heureux
Près de la main qui fait maintenant mon supplice.

Je résolus alors d'interroger tout bas,
Mes actes, mon passé; mais, malgré ma torture,
Je cherchais vainement et je ne trouvais pas
Ce qui m'avait valu cette triste aventure.

Les yeux gonflés de pleurs et l'âme au désespoir,
Je me laissais aller à ma douleur sans feinte;
Je voulais en finir et saluais ce soir
De mon dernier adieu, de ma dernière plainte.

Mais Dieu qui surveillait mon âme dans le Ciel,
Ce Dieu que j'oubliais, dans ma vive souffrance,
Arrêta brusquement mon doute criminel,
Et du doigt me montra de nouveau l'Espérance.

LA FEMME

Pourquoi le cœur humain porte-t-il en lui même
Le germe de l'amour?...
Il aime à peine né, mourant, toujours il aime,
Jour et nuit, nuit et jour.

Au moment où la vie a coulé dans ses veines,
Au premier jour l'enfant,
Sentant l'affection l'enlacer dans des chaînes,
S'est écrié "Maman".

L'amour gonfle son cœur, l'espoir gonfle son âme,
Tout sourit devant lui;
Mais voilà qu'il se sent embrasé d'une flamme
Qui le brûle à demi;

Son jeune sang bouillonne, attise, puis soulève
Ses sens inapaisés;
L'enfant résiste encor, mais il demande trêve
Aux désirs inosés.

A celle-là, malheur! oui, malheur à la femme
Qui fascine et qui perd;
Qui prenant le jeune homme en un baiser infâme
Le met à découvert;

Sans armes, sans secours, sa chair adolescente,
En des sursauts sans fin,
Auprès de l'autre chair, qui l'attire et le tente,
Goûte au plaisir malsain.

Après avoir ravi, de sa jeunesse morte,
Ses biens et sa vigueur,
La femme le renie et lui montre la porte,
En lui brisant le cœur.

Puis elle va chercher, dans sa soif passionnelle,
Une nouvelle chair,
En demeurant ainsi tentatrice éternelle:
Ah! la femme qui perd!

IDYLLE

Glisse tout doucement sur le flot immobile,
Elégante nacelle où se plait le nocher;
Evite de buter, durant ta course agile,
Sur le rocher.

Les feuilles d'une rose ou d'une violette
Tapissent joliment tes côtés embaumés;
Tu fus témoin discret de plus d'une causette,
Des bien-aimés.

En ce jour reçois-moi, comme aux beaux jours d'au-
[tomne;
Mon cœur a besoin d'air, d'amour et de gaîté;
Je veux sentir, alors que le bonheur rayonne,
La Liberté.

Ma belle est avec moi, sa main est dans la mienne;
Après avoir porté le poids de la douleur,
Je cesse de souffrir; esquif qu'il te souvienne
De mon bonheur.

Son front est assez pur pour recevoir ma bouche,
Tout délicatement avec un doux baiser;
L'amour, de ses ardeurs, maintenant qu'il me touche,
Va m'embraser.

Je souffre d'aimer trop, d'avoir l'âme sincère,
De n'avoir point connu la réciprocité;
J'ai peur d'être déçu, sur cette ingrate terre,
Dans ma bonté.

Ma chère, vois-tu bien ce cygne aux blanches ailes,
Qu'il soit, pour notre amour, un emblème éternel;
Que nos âmes d'enfants sachent rester fidèles
Jusques au Ciel.

Tu rêves de m'aimer, je t'aimerais sans cesse;
Mais faut-il me jurer de m'aimer constamment,
Et que ce court instant d'amour et de tendresse,
Dans nos cœurs échauffés, dure éternellement.

ROSE OU MARGUERITE

Aimez les roses, mes Amis,
Car les Roses sont belles choses;
Aimez-les; il vous est permis
D'aimer, beaucoup, les Roses.

Elles sont les reines des fleurs;
Elles méritent d'être Reines;
Car leur vue épuise les pleurs
Et console les peines.

Leur couleur si-ed aux regards;
Et leur emblème plaît aux femmes;
Car sous leur pistil plein de dards,
Elles cachent des âmes.

Elles portent de beaux atours,
Peut-être sont-elles coquettes ?
Défendez-vous à vos amours
D'être bien gentillettes ?

Quand vous rencontrez dans la nuit,
Où se voilent un peu les choses,
Là-bas, une ombre qui vous fuit,
Inondez-la de Roses.

Une Rose est un beau présent;
Et s'il fut quelque temps morose,
Le cœur devient réjouissant
Au contact d'une Rose.

D'Elle ne soyez point jaloux,
Myosotis et «Marguerites»,
Nous cueillons les Roses pour nous
Et pour nos favorites.

Nous laissons croître sous les cieux,
Vos blanches fleurs et vos pétales,
Et nous préférons vos beaux yeux,
Aux Roses, vos rivales.

CHEZ NOUS!

Que ces deux mots, rien n'est plus doux!
Riante image de la vie;
Le cœur s'y plaît bien, ma Chérie:
Oui, mon Amour, allons chez Nous.

Quand, sur l'Autel, deux cœurs s'unissent
Et que l'on échange, à genoux,
Les beaux serments qui rajeunissent;
Oui, Belle, alors, allons chez Nous.

Quand, le matin, tout se réveille,
Que l'on quitte ses rêves fous,
Quand, sur la fleur, vole l'abeille,
Mon Aimée, oui, restons chez Nous.

Lorsque la Nuit, la lune brille,
Et que tu sentes un remous,
Dans ton cœur pur de jeune fille,
Chère, aimons-nous, comme chez Nous.

Chez Nous, c'est ton visage et ta bouche d'amante;
Chez Nous, c'est ton front tendre et tes yeux de cristal;
Chez Nous, oui, c'est ton cœur qui palpite et qui chante,
Qui, près d'un autre cœur, cherche son Idéal.

Chez Nous, c'est le regard qui se grave en ton âme,
Qui ressemble au premier que tu retins si bien;
Qui t'a dit le secret juvénil de ma flamme,
Qui, tout en t'adorant, ne t'a j'amais dit rien.

Chez nous, c'est cet aveu, de prime abord timide,
Qui, par suite, devient tenace et persistant;
C'est l'amour qui sourit dans ton œil si limpide,
C'est notre Amour qui naît et croît rapidement.

Chez nous, c'est le toucher toujours plein de délices
De deux mains que le sort vient d'unir pour toujours;
C'est le Bonheur, hélas! semé de précipices,
C'est le Ciel d'ici-bas, le Dieu des dieux Amours.

Chez nous, c'est tout: ici, là-bas, partout sur terre,
Où nous pouvons aller, où nous sommes partout;
Chez nous, c'est Nous, Nous Deux; le reste est éphémère:
Allons, Chez Nous, ma Chère, et demeurons Chez Nous.

DOUTER!

J'ai toujours eu la nostalgique idée
De croire, hélas! à la fidélité;
Mais, dans mon âme, ainsi désabusée,
S'est fait sentir la triste vérité.

Toi, ma petite, ô toi que j'ai chérie,
Me seras-tu fidèle en tes amours?...
Moi, pour t'aimer, je te donne ma vie,
Mais, au moins toi, m'aimeras-tu toujours?...

Ainsi la vie est faite de souffrances,
De court bonheur, la vie est faite aussi;
L'affreux Destin trompe nos espérances:
Jamais mortel n'a vécu sans souci.

Même douter d'un amour très sincère,
Croire, en fermant, tout doucement, les yeux,
Est un besoin qu'on éprouve sur terre,
Nécessité qui n'a pas cours aux cieux.

Quand je saurais vraiment, chère mignonne,
Que seul, pour moi, ton amour s'est donné,
Le doute, Amie, en moi, Dieu me pardonne,
Torturera mon cœur de condamné.

Lorsque des fois tu seras solitaire,
Et songeras à toutes mes froideurs,
Tu te diras si moi je fus sincère,
Cependant que je verserais des pleurs.

Car, pour aimer, rien ne sert de le dire,
Il faut prouver l'ardeur de son amour;
Et l'ange "Amour" est composé de cire,
Tout simplement, il se consume un jour.

Il faut qu'en moi, toute ta confiance,
Se laisse aller, comme au confessionnal;
Moi je saurais bercer ta souvenance,
A l'âge heureux, où nous vivions sans mal.

Que pour mon cœur, aucun secret ne ronge,
Tes facultés, faites toutes pour moi;
Raconte-moi, tout mais tout... même un songe
Me fait plaisir, puisqu'il me vient de toi.

Aimant en toi la franchise, ma mie,
Qui doit rester, à jamais dans ton cœur,
En t'aimant fort, en t'embrassant Jolie,
Je trouverais mon éternel bonheur.

RÉMINISCENCES D'AMOUR

Mon cœur a tressailli d'un céleste frisson,
Ce matin, mon Aimée,
Et de ton Souvenir, adorable moisson,
Mon âme est parfumée.

Oui, qu'il est doux de vivre et consacrer son temps,
A l'unique et beau rêve
Qui germe en tout mortel, au seuil de ses vingt ans,
Comme le blé qui lève.

Le moindre objet, alors, devient un souvenir:
Près de cette fontaine,
Nos cœurs se sont compris et, dans leur grand désir,
Retinrent leur haleine.

Sur ce tendre gazon, où le coquelicot
Lance sa haute tige,
Nos cœurs, en palpitant, ont entendu l'écho
De leur troublant vertige.

Cette grotte, ce banc, ce lieu, cet océan,
Dans la nature immense,
Tout a parlé de nous, se prêtant gentiment
A notre confidence.

Mais, en nous-même, il est, comme au sein d'une fleur,
Une invisible essence,
Qui, pour nous consoler, aux heures de douleur,
Porte aux réminiscences:

C'est un baiser donné, le soir, près de la mer,
De suaves caresses,
Où l'on a prononcé, dans ces instants si chers,
Les divines promesses;

C'est un rayon de lune, en une nuit d'amour,
Où dans la chaude étreinte,
Nos cœurs, se sont donnés ardemment, sans retour,
En se causant, sans feinte.

C'est un zéphyr léger qui caressait ton front
Et de ta chevelure,
Me portait les fils d'or, étincelants et blonds,
O Chère Créature.

C'est notre amour, enfin, qu'on ne définit pas,
C'est notre amour lui-même,
Qui donne un sens à tout, au moindre de nos pas
Et leur fait un emblème.

A UNE BLONDE!

Aux premières heures du jour,
Tout semble sourire à la terre;
Seul, moi, je pleure mon amour,
Hélas! ma petite misère.

Aux premiers rayons du soleil,
Gazouille la blanche fauvette:
Seul, moi, dès l'heure du réveil,
Je me tais, ô pauvre poète.

Aux heures où le ciel est gris,
Lorsque tout être se repose,
Seul, moi, le cœur, de frissons pris,
Je m'agite, le front morose.

Aux tristes heures de la nuit,
Quand l'univers est plein de voiles,
Seul, moi, je m'en vais, loin du bruit,
Contempler les belles étoiles.

Fuyant le monde et ses éclats
Et sa futile turpitude,
Je vais me reposer bien las,
Dans une morne solitude.

Et là, me dégonflant le cœur,
Libre, laissant couler mes larmes,
Au souvenir de ma douleur,
Je crois éprouver quelques charmes.

Puis, las d'aimer et de souffrir,
Las de vivre dans la tourmente,
En évoquant mon souvenir,
Je console mon âme errante.

Puissent mes plaintes et mes chants,
Trouver une âme honnête et sage,
Pour qui j'aurais des mots touchants,
A qui je rendrais mon hommage.

Puissé-je alors ne plus pleurer;
Puissé-je ignorer la souffrance;
Puisse mon cœur ne plus vibrer,
Que pour exalter l'espérance.....

O toi, cause de mon émoi,
Enfin, puisses-tu, chère blonde,
Désormais, n'aimer plus que moi,
Seul, moi, m'aimer en ce bas monde....

RÊVE D'AMOUR

Oui, j'ai rêvé de toi, cette nuit, où ma vie
A lestement franchi quatre lustres entiers.....
Une nouvelle étape ardemment me convie
Aux délices d'un âge où j'entre volontiers.

Oui, j'ai rêvé de toi, doux trésor de mon âme;
J'ai senti le frisson de tes lèvres passer,
Sur ma bouche où ton cœur a déposé sa flamme,
Que mes lèvres, aussi, se hâtent de presser.

Oui, j'ai rêvé de toi, de ces rêves candides,
Où la jeunesse vive a foi dans ses vingt ans;
J'ai rêvé de ton front, de tes yeux si limpides,
Et t'ai vu rayonnante au seuil de ton printemps ....

Notre meilleur désir d'un amour très sincère
Etait réalisé dans mon rêve charmeur.....
La prêtre, sur l'autel, nous bénissait, ma chère,
Et nous goûtions, tous deux, un suave bonheur.....

Le temps avait marché sur notre boule ronde.....
Et tu m'avais donné, perpétuant mon nom,
L'enfant qu'avec fierté tu désignais au monde
Notre enfant, à nous deux, que j'appelais Suzon.

Or, je rêvais toujours, se levant de bonne heure,
Suzon te secouant d'un paisible sommeil,
Te prit dans le jardin devant notre demeure,
Pour me faire un bouquet que j'aurais au réveil.

Et toi, que cette enfant rappelait à merveille,
Toi, l'embrassant bien fort, tu pleurais doucement;
Une larme roulait sur ta bouche vermeille,
Tu pleurais en songeant à tes rêves d'antan.

Oui, tu pensais aux jours où me restant fidèle,
Tu formulais des voeux, que j'exauçais bientôt.....
Et tu pleurais de joie en voyant si réelle
Ce que nous avions pris pour chimère tantôt.

Ouvrant les yeux, j'ai vu mon âme toute entière
Qui se mirait si bien, dans ton regard d'azur.....
Ta tête s'appuyait sur la tête si chère,
De notre enfant à nous, ange simple et si pur....

Une main sur la joue, avec l'autre il s'apprête
A m'offrir le bouquet qu'il a cueilli pour moi;
— Tiens, Papa, disait-il, aujourd'hui c'est ta fête;
Toi tu me regardais, avec un doux émoi.

Tu ne me disais rien; je te comprends, ma Chère,
Ton cœur seul me parlait, ton cœur tendre et charmant...
Je songeais à la fille, en embrassant la mère,
Je songeais à la mère, en embrassant l'enfant...

Oui, j'ai rêvé de toi, cette nuit, mon Aimée,
Toi que j'aime ardemment, tout comme au premier jour;
J'ai rêvé de ton cœur, de ta main parfumée,
Oui, j'ai rêvé de toi, mon joyau, mon Amour...

ANGOISSE D'AMOUR!

L'Amour, ce mot sacré, d'où part toute Espérance,
Vaut, certes, mieux que l'or;
Et ton Encadrement d'Amour et d'Innocence
M'a ravi, Cher Trésor.

Si beau que soit mon Cadre et tel qu'il se proclame,
Le tien est le meilleur;
Car tu m'as réservé, pour encadrer mon âme,
Le Cadre de ton Cœur.

Les doux mots dont sont pleins nos tendres messagères,
Ne bourdonnent-ils pas
Délicieusement dans tes Oreilles Chères,
Sans être jamais las?

Et parce qu'une lettre, après tout peu de chose,
N'est pas si près de toi,
Te crois-tu donc en droit d'être triste et morose,
O toi, mon "second moi"?

Et le Cher Souvenir de ta Flamme naissante,
Même dans ta Maison,
Ne comble-t-il donc pas ta Créature Aimante,
En te faisant raison?

Et ce divan, Chérie, où je posai ma tête
En la nuit de Noël,
Ne te dit-il plus rien de ton aimé poète.
Dont la lèvre est de miel?

Pourquoi souffrir, alors que possédant, Aimée,
Ma pensée et mon cœur,
Tu devrais être heureuse, ô toi, toute Adorée,
Qui jouis du bonheur?

N'est-ce pas le Bonheur que de s'aimer, ma 'Mie'
Comme nous le faisons,
Et qu'un baiser ardent que je te prends, Chérie,
Vaut mieux qu'une Oraison?

Mon image où ta bouche, avide de caresses,
A senti le contact
De ma lèvre, si loin, qu'avec ardeur, tu presses,
Ne suffit-elle pas?...

Oh! je sais ce qu'aimer demande, ô ma Chérie;
Après avoir donné,
Ton cœur, tu voudrais voir, à toi, durant la vie,
Eddy s'abandonner.

O toi, que j'aime tant, ô toi, sois donc heureuse,
Car Eddy t'appartient,
Eddy voudrait aussi te voir toujours joyeuse,
O toi que j'aime bien.

Que nos désirs si chers et qu'à chaque prière
Tu demandes au Ciel,
Soient plus tôt exaucés, pour nous donner, ma Chère,
Un bonheur éternel.

YOLANDE

Dans la brumeuse Hollande,
Comme un joyeux printemps,
Vivait la belle Yolande,
Hélas! morte à vingt ans.

Sa chevelure blonde
Et ses yeux de velours,
Séduisaient, sur le monde
Les jeunes troubadours.

Aucune peine amère
Ne troublait ses moments;
Et le bon cœur des mères
Ne lui rêvait qu'amants.

Jamais un front morose
Devant elle apparut;
Mais comme hélas! la Rose
Fort jeune Elle mourut.

Au sortir d'une fête
Un grave mal la prit,
Et la pauvre fillette
Vers la tombe s'enfuit.

Désormais plus de charmes
Pour les pauvres parents;
Les chagrins et les larmes
Faisaient leur passe-temps.

Le printemps en automne
Se changea brusquement,
Et l'hiver monotone
Chevauchait à pas lents.

Et là-bas où repose
Yolande — belle enfant —
L'on voyait quelques roses
Eparses gauchement.

C'était un humble hommage
A la jeunesse en fleurs
Qui dans tout le village
Fit répandre des fleurs.

Le poète timide,
Qui l'aimait en secret,
S'en alla, l'âme vide,
Rongé par le regret,

Et portant chaque automne
Sur son cercueil de bois,
Une blanche couronne
Il pleurait à mi-voix.

O vous, âme incomprise,
Qui seule soupirez,
Riez avec la brise
Et cessez de pleurer.

LE MYSTÈRE DE LA NUIT

D'où vient, ô sombre Nuit, l'irrésistible attrait
Qui me pousse, toujours, vers ton morne silence?....
Mon cœur, serré d'avoir contenu son regret
En ta noire torpeur goûte sa jouissance...

Au sommeil doux et reposant,
J'ai préféré ta compagnie,
O Nuit, dont la secrète et suave harmonie
Enveloppe mon cœur d'un charme tout- puissant....

Il m'a semblé sortir mille voix séductrices
Qui m'ont retenu près de toi;
Et mon cœur a, dans un inexplicable émoi,
Toutefois craint tes maléfices ....

O toi, dis-moi pourquoi dans ton calme obstiné,
Attires-tu, vers toi, l'Amant et le Poète?
Dans ta solitude inquiète
Recherchent-ils peut-être, un cœur abandonné ?...

Et ta Lune aux clartés si douces, si brillantes,
Trônant dans ton domaine, immense et ténébreux,
Pourquoi la Lune donc les rend si soucieux,
    Nuit, qui me troubles et m'enchantes?...

Tes Astres rayonnants, ces Astres tout baignés
Dans le mystère de ton immensité noire,
Sont-ils, pour ces Rêveurs, des vestiges de Gloire,
    Aux Souvenirs sacrés, mais hélas éloignés?..

Et ta multiple Voix tendre et mystérieuse,
Qui vient rompre parfois ta monotone paix,
O Voix, qui donc es-tu, qui chantes et te tais,
    Et fais mon Ame tant heureuse?

«Je suis, me dit la Nuit, le Repos mérité
«Que cherche tout mortel, lorsque le jour décline...
«Faite par une Main Divine,
    «Je porte le Pouvoir du Dieu qui t'a créé»

La Lune répondit, toute majestueuse:
«Je suis l'Œil du sublime et puissant Créateur;
«Mon charme est le reflet de mon Divin Auteur»
    «Et son Doigt a tracé ma route lumineuse.»

«Et Nous, Astres perdus dans l'orbite des cieux,
«Nous portons les secrets du Monde et son Histoire;
«Nous brillons; et ces cœurs qui rêvent à la Gloire
«Lisent sur notre front tous les bienfaits des dieux.»

Enfin, le Rossignol, farouche d'ordinaire,
Me dit: «Je suis celui qui console et guérit
«Le Poète souffrant et l'Amoureux meurtri;
«Et ma Voix est pour eux un baume salutaire.»

Et la Voix qui s'est tue et les Astres mourants,
Phébé pâlie au jour qui reprend son empire,
La Nuit qui lentement s'efface et se retire,
Laissant s'évanouir ses charmes pénétrants,

Me saluèrent tous avec un doux mystère,
Avant de disparaître à l'horizon rougi;
Et mon âme qui d'eux avait longtemps joui
Au Dieu de l'Univers confia leur prière.

SOUPIRS D'AMOUR...

Pourquoi, ce soir, mon cœur s'est-il senti si triste?
Pourquoi, ce soir, mon cœur bat à coups redoublés?
Pourquoi, ce soir, mes yeux sont vagues et troublés?
Pourquoi, dans la langueur, je m'enfonce et persiste?...

Pourquoi le lac, ce soir, paraît-il agité?
Pourquoi le Ciel, ce soir, est-il gris et maussade?
Pourquoi ma lyre est-elle éteinte et ma voix fade?
Pourquoi le Doute en moi prend-il cette acuité?

Pourquoi la Lune blanche et toute étincelante
Ce soir ne me dit rien ? Pourquoi ? Dis-moi pourquoi?
Pourquoi l'Etoile d'or qui trône comme un roi,
Me laisse indifférent, ce soir, et m'épouvante?...

C'est que mon cœur, ce soir, sevré de ton amour,
Ma bouche de baisers, et mes bras de caresses,
Mes yeux de volupté, mon être de tendresse,
N'ont plus rien désiré que mourir en ce jour.

C'est que vois-tu, ma belle, à qui j'écris ces lignes,
Quand l'homme qui désire est désillusionné,
Quand son espoir est vain, par suite abandonné,
L'homme, comme l'on dit, lance son chant de cygne.

Il fait nuit; tout le jour, le cygne a bien fouillé
Et cherché nourriture à ses fils en bas âge ;
Mais, n'ayant rien trouvé, le cygne avec courage
Offre à ses fils son cœur qu'ils mangent sans pitié.

Alors, ouvrant son aile, à la Nuit qui s'avance,
Il jette, dans les airs, des cris assourdissants ;
Il hurle et ses clameurs éloignent les passants ;
Ecoutez : c'est l'Adieu du cygne à l'existence.

Ainsi, mon cœur, ce soir, privé de ton Trésor,
Saigne et lui veut aussi, dire « Adieux » à la Vie;
A chaque battement plein de Mélancolie,
Sourd un filet de sang qui rapproche la Mort.

Vivre loin de tes yeux où l'horizon se mire,
Vivre loin de ton cœur où mon souffle a passé,
T'aimer d'un fol amour, d'un amour insensé,
Sentir à chaque instant mon âme qui soupire,

Sans que jamais nos mains n'aient senti la chaleur
De nos désirs conçus dans l'ombre du Mystère,
Sans que jamais ta lèvre où passe une prière
Ne demande l'appui d'une autre lèvre-sœur;

Aimé, se voir aimé, sans répandre l'ivresse
Qui coule dans nos sens de seize et de vingt ans,
Et se taire et rester tous les deux hésitants,
Est-ce aimer, est-ce avoir un seul grain de tendresse?

Non, j'ai besoin d'amour pour avoir le bonheur,
Non, j'ai besoin d'un front pour soutenir ma tête;
J'ai besoin de baisers pour demeurer poète,
Et j'ai besoin d'amour pour vivre sans langueur.

J'ai besoin de presser, dans mes bras virils d'homme,
Une poitrine où bat un cœur adolescent ;
Et sentir, dans l'étreinte, un geste caressant
Qui berce ma tendresse et me chérit en somme.

Alors, rassasié d'amour et de plaisirs,
Mon âme renaîtra pour te charmer encore,
Pour t'offrir le Bonheur; je t'aime et je t'adore...
Pourquoi, mon cœur, ce soir, pousse-t-il des soupirs?

LE PARDON

J'ai vu, de bon matin, la tourterelle agile,
Se poser sur le toît
De mon humble maison, où je vis si tranquille,
Pensant toujours à Toi.

Son langage secret, connu de mon oreille,
Me révéla tout bas,
De son constant amour une unique merveille,
Que tu ne connais pas.

Elle me confiait comment l'autre journée,
Dans son nid parfumé,
Sans lui dire pourquoi, l'avait abandonnée,
Son mari, son aimé...

Puis, sans doute, déçu par un si long voyage,
Où s'essoufflait son cœur,
Il revenait au nid, de son lointain mirage,
Retrouver le bonheur.

Et la pauvre offensée a compris que son âme
Avait à pardonner,
Et tout, comme jadis, entoura de sa flamme,
Le désillusionné...

Ainsi moi, ce matin, au bord de ma fenêtre,
Où je restais rêveur,
Je comptais ce qu'allait me procurer ta lettre,
De joie et de bonheur...

Et je te comparais à cette tourterelle,
Emblème de l'amour,
Qui venait me conter, tout bas, à tire d'aile
Sa détresse d'un jour...

Chérie, il est au fond du cœur une espérance,
Qui grandit désormais;
Qui grandit au malheur comme si la souffrance
Ne l'éprouvait jamais;

Il est une étincelle à jamais allumée,
Au fond de notre cœur,
Qui rayonne toujours, constamment enflammée,
Et chasse la douleur.

Ce rayon éternel, au sein de notre vie,
Ne peut pas dépérir,
Luttant sans se lasser contre la noire envie
Qui voudrait nous saisir...

La rancune est pour lui chose très ignorée;
Il ne connaît qu'un mot:
Le Pardon en son âme, à jamais éplorée
Trouve toujours écho...

Amour, toi dont le cœur est si plein de tendresse,
Comment douteras-tu?..
Eddy sait pardonner et pardonne sans cesse
A qui l'a méconnu...

Amour, comme l'oiseau dont tu portes l'emblème,
Vivons tous deux heureux...
Aimons-nous dans la joie et dans la douleur même
Montrons-nous fort tous deux...

Que la haine en nos cœurs ne trouve pas de prise;
Qu'un amour éternel
Nous unisse et nous porte à la terre promise
Où nous attend le ciel.

A JEAN DELAMBRE

Nous avons essayé de hisser notre rêve
Sur des sommets que l'homme a déjà délaissés ;
Nos cœurs, plus d'une fois, l'un vers l'autre poussés,
Ont chanté la douleur sans trève.

O Muse, tu nous as beaucoup favorisés
Et souvent tu t'es plue à taquiner notre âme;
De ton contact suave en jaillit une flamme
Dont nos cœurs furent embrasés.

Nous avons tous les deux suivi même carrière;
Toi, dans tes chants sortis d'un cœur tout fait d'amour,
Tu m'as dit qu'ici-bas tout ne dure qu'un jour
Et que le monde est éphémère.

En écoutant tes chants, moi, j'ai tout bas pleuré,
Car j'avais composé, dans mon âme candide,
Un monde plus fidèle, un monde moins perfide :
Mon rêve, hélas! s'est effondré.

Maintenant, le Destin vers d'autres lieux t'envoie.
Aveugle, il nous impose un caprice méchant;
Il rit de nos projets et déçoit constamment
Les cœurs dont il fait une proie.

Ah ! puisses-tu toujours accomplir ton Devoir,
Mais, là, très bravement et sans forfanterie;
Ton âme écoutera l'appel de la Patrie
Et ne saura jamais surseoir.

Mais, tu te souviendras au fort de la mêlée
De ceux qui, confiant à toi, leur jeune cœur,
Goûtaient paisiblement l'ineffable bonheur
Près de ton âme bien-aimée;

Tu reverras encore un sourire connu,
Une douce figure, un être sympathique;
Ton cœur ignorera l'enfant mélancolique;
Mais, de moi, qui s'est souvenu?...

Tu reverras aussi les lieux de ta naissance
Où ton petit berceau, frémissant sous ton poids,
Semblail ouïr déjà ta poétique voix
Toute vibrante d'Espérance.

Tu reverras enfin tout un monde nouveau
Et tu reconnaîtras tout le prix de la vie;
Mais, tu t'élanceras pour sauver ta Patrie
Dût-elle t'ouvrir un tombeau.

Et nous, les délaissés, pour venger ta mémoire,
Après avoir souffert de ton cruel oubli,
Nous lancerons quand même un suprême défi
A la trop tardive Victoire...

Oh! va, mais reviens-nous, de lauriers, tout couvert,
Auréolé de gloire, enivré d'espérance;
Car c'est beau de lutter pour cette douce France,
France, Reine de l'Univers.

Reviens-nous, au plus tôt, portant sur toi la Palme,
La palme de la Paix, mais une paix d'honneur:
De cette horrible guerre, on n'a que trop d'horreur,
On a besoin d'un peu de calme.

Ah! puisse, puisse alors, Guillaume humilié,
Réclamer à nos cœurs, notre miséricorde;
Mais nous lui réservons pour pardon une corde
Qu'on fixera sur un pilier.

Alors, toi, Jean Delambre, et soldat et poète,
Revenu de ces lieux d'où l'on ne revient pas,
Tu sauras célébrer en beaux chants les combats
Qui précédèrent la conquête.

Et moi, comme un écho de ta mâle vigueur,
J'irai semant partout des hymnes de souffrance,
Où l'épouse pleurant l'époux, mort pour la France,
Aura senti sombrer son cœur ;

Puis, nous exalterons tous ces héros sublimes,
Qui sont tombés obscurs, dans le charnier ardent ;
Mais nos cœurs, ulcérés, chercheront vainement,
L'accent de leur assaut des cimes.

A JEAN DELAMBRE

Mais, oui, pourquoi souffrir, pourquoi pleurer sans cesse?
Pourquoi donc évoquer si souvent la tristesse?
Pourquoi ne point chanter la joie et le bonheur
Et s'inonder toujours d'allégresse le cœur?

Pourquoi la mort dans l'âme et la peine au visage
Ainsi se torturer, affaiblir son courage?
Pourquoi ne point sourire aux misères du temps,
Jouir et se moquer du sort à tous instants?

Pourquoi ne point se dire au-dedans de soi- même
Que la vie est bien courte; et qu'avec ce qu'on aime
On ne récolte hélas! qu'amertume souvent
Et quand on n'aime pas, on est bien plus content.

Enfin, pourquoi vouloir ce que nul sur la terre
N'a possédé depuis que l'homme avec son frère
A dû se résigner aux partages égaux,
Source de cruautés et source de nos maux..?

Be a man! Esto vir! tu dis vrai, Cher Delambre:
J'ai noirci de ces mots le plafond de ma chambre,
Afin qu'à chaque instant je puisse regimber
Contre ce sot enclin qui me fait succomber.

Afin qu'à tout moment, qu'en tout lieu, qu'à toute heure
La tristesse ne vienne assaillir ma demeure,
Afin de vivre heureux, afin d'être content,
Que je te doive ami ce bonheur d'un instant..

Comme tu me le dis, je connais la souffrance;
Mon cœur n'a pas rien que fréquenté l'espérance
Et mes sanglots parfois étouffés dans le noir,
M'ont dit ce qu'a de rude et d'amer le Devoir..

Quand ce glorieux mal, plus que tout poétique,
Vient hanter notre corps d'un désir nostalgique,
Tu n'as pas su toujours, à ces attraits d'amant
Plus forts que la Vertu résister un moment.

L'amant et le poète ont goûté la souffrance;
Celui-ci par ses chants et sa chaude éloquence,
A su panser les maux dont il saignait tout bas;
Celui-là que la chair torture et qui n'a pas

Ce don de consoler sa douleur et sa peine,
A tari ses chagrins dans une mort certaine;
Et pourtant ces mortels tous deux avaient souffert;
Sur l'autel de l'amour, leur cœur s'était offert;

L'amour les a punis de leur audace folle;
L'un s'est tu, l'autre a fait entendre sa parole;
Le premier s'est tué, le second d'un élan,
Farouche, avec sa lyre, a reconquis son rang...

Tu sais que j'ai souffert et que je souffre encore
D'avoir été déçu dans mon plus tendre amour;
Que je traîne mon mal depuis la prime aurore
Chantant mon désespoir en triste troubadour.

Tu voudrais me revoir, rose trop tôt fanée,
Avec celle à qui j'envoyais naïvement
Un billet doux qui fût reçu par la maman:
Dès ce jour j'ai perdu ma Chère Bien-aimée...

Comme tu le disais, oh! dans un vers bien doux,
Que tu m'avais écrit, dans ton ultime lettre,
J'irai chanter, un soir, autour de sa fenêtre:
«Je vous aime, et je sens que mon cœur bat pour vous»

Que de fois, soucieux, j'allais, sur une plage,
Me griser de bon air et d'ancien souvenir;
A mon esprit lassé brillait son doux visage:
«Je l'aimais, et je sens toujours mon cœur frémir!»

Que de fois, assailli de souvenirs funèbres
Je priais les yeux pleins de larmes, sans tarir ;
Mais son charmant sourire éclipsait ces ténèbres :
« Je l'aimais et je sens toujours mon cœur pâtir»

Que de fois rebuté par de vaines promesses,
Loin d'un monde trompeur que je veux toujours fuir,
Je calmais mes chagrins, pensant à ses tendresses;
« Je l'aimais et je sens toujours mon cœur mourir.»

« Ne répondrez-vous pas aux nombreuses avances,
« D'un cœur jeune, enflammé d'un amour pur et doux?
« Ne réaliserez-vous pas mes espérances:
« Je vous aime et je sens que mon cœur bat pour vous».

« Oubliez ce qu'un jour de douleur et de peine,
« Ma maladresse a pu nous causer à nous tous ;
« Venez me délivrer de mon ingrate chaîne:
« Je vous aime, et je sens que mon cœur bat pour vous».

« Je ne veux plus souffrir sur cette froide terre,
« Où sont fusionnés nos deux amours; et nous
«Devons nous attacher au plus vite ma chère:
« Je vous aime et je sens que mon cœur bat pour vous.»

CONSEILS A AURORE

Dix-huit ans! le bel âge!
C'est l'heure du réveil!
Chérie, allons courage!
Secouons le sommeil!

La vie est fraîche encore,
Le sang bouillonne en toi;
Le jour naît et l'aurore
Apparaît devant moi.

Tu portes dans tes veines,
L'espoir de l'univers,
Son bonheur et ses peines,
Sa gloire et ses revers.

Choisis, fais ta cueillette,
Mais que ton choix soit sûr,
Et jamais ne regrette.
Le ciel et son azur

T'invitent; et l'espace,
Si fluide immensément,
Te réserve une place.
Sous notre firmament.

Grandis en restant bonne
Et pure devant Dieu;
Que ton cœur à personne
Ne consume le feu

Brûlant qui le conserve
A la postérité;
Le bon Dieu te réserve
Joie et félicité.

Que tes cheveux, Aurore,
Tes yeux, si beaux à voir,
Me conservent encore
Ton cœur jusques au soir.

Qu'en endormant ma peine,
Lorsque le jour finit,
Je voie, ô ma sirène,
Ta bouche qui sourit.

Que ce front que j'admire
Sur ton profil charmeur,
En provoquant ma lyre,
Fasse vibrer mon cœur.

Que cette main si fine
Que toujours je serrais,
Referme, ô ma divine,
Mes yeux, quand je mourrais.

Que tes yeux, en revanche,
Pleins de sérénité,
Gardent, ô ma pervenche,
Leur lacrymosité,

Pour mon départ suprême,
Quand le petit Jésus,
Te dira, toi, que j'aime,
Que mon cœur ne bat plus...

J'ai peur pour toi, Chérie,
Ton âge me fait peur,
Car le monde est impie
Et grand fascinateur.

Tu verras sur ta route
Nombre de jeunes gens
Qui t'aimeront, sans doute,
Mais pour un certain temps.

Ils séduiront ton âme,
Souilleront tes beaux yeux;
Le plaisir les réclame ?
Ils te diront: "Adieux"...

Et toi, désabusée,
Par ces méchants d'un jour,
Iras inconsolée,
Guérir ton pauvre amour.

Tu resteras souffrante,
Jusqu'à ce que la mort,
Cueillant ton âme errante
Adoucira ton sort...

Tu verras d'autres âmes
Qui, pour jouir de toi,
T'aimeront, les infâmes,
Et violeront ta foi.

Prends garde, ma brunette,
Agis très sagement;
Ces conseils qu'on te prête
Uses-en largement.

Le vice en apparence
Est doux et alléchant;
Veille à ton innocence,
Le chemin est glissant...

Dix-huit ans! le bel âge!
Je t'en souhaite encor
Dix fois dix-huit: courage.
Et que ton cœur soit fort.

Choisis, fais ta récolte,
Je serais là toujours,
Pour te prêter main forte
Et guider tes amours.

Mais, quoique tu deviennes,
Demeurant bonne ou non,
Au milieu de tes peines,
Souviens-toi de mon nom.

Je serais dans ta vie
Ton ange et ton soutien,
Ton frère, ô ma Chérie:
Et toi, sois-donc le mien.

CONTE DE NOEL

Lourdes, pays sacré de la Madone sainte,
Toi qui fais d'un mourant un mortel vigoureux,
Comment as-tu permis que chez toi fut éteinte
Jeanne, la douce enfant, aux yeux si langoureux?...

Dans son humble linceul qui cachait sa misère,
Elle avait, tendrement, blotti ses fines mains;
Et son air semblait dire aux amis de la terre
Qu'elle avait, pour toujours, délaissé les humains...

Son visage si pâle et sa taille si frêle,
Par de beaux cheveux bruns se trouvaient encadrés ;
Exquise, elle était là, comme un vivant modèle,
Mourante, elle livrait à tous ses doux attraits.

Elle s'étiolait comme une belle rose
Qui, tristement, s'effeuille, un beau soir de printemps ;
Et, ses légers hoquets, hélas! si peu de chose,
De son sein délicat s'exhalaient hésitants.

Les yeux seuls, ces beaux yeux, par un effort suprême,
Fixaient toujours le Ciel dans un dernier adieu.
La Mort voulut fermer ses paupières; quand même
Ses yeux, restés ouverts, se dirigeaient vers Dieu...

Les visiteurs émus s'arrêtaient devant elle
Pour admirer, tout bas, sa grâce et ses vertus;
Puis s'en allaient plaignant cette fille trop belle
Qui s'envolait si jeune au séjour des Elus.

Près d'elle une infirmière, une Mère peut-être,
Ainsi qu'un jeune enfant venaient la consoler.
L'adolescent, troublé sans vouloir le paraître,
Voyait, dans cette mort, tout un rêve crouler.

Et Charles maudissait cette mort décevante;
Son sentiment discret qu'il voulait retenir,
Le trahit malgré tout ; et Jeanne, la mourante,
Dans un regard furtif, grava son souvenir.....

Charles était chrétien, mais un chrétien sans flamme;
Il connaissait l'Eglise il y passait souvent;
Mais, de méchants garçons avaient terni son âme,
Puis à lui seul l'avaient délaissé maintenant.

Pour lui, sa mère, en vain, faisait une prière;
Confus et repentant, Charles avait promis......
Qui donc peut résister à la voix d'une Mère.....
Faible, il n'osa jamais repousser ses amis.

La Mère, seul soutien de cette âme enfantine,
Etait morte en fixant sur lui son doux regard,
Comme pour reprocher, mais d'une voix câline,
Les fautes de son fils avant le grand départ.

L'enfant, déconcerté, voulait enfin mieux vivre,
Songeant à sa Maman qui, du Ciel, souriait;
Il méditait souvent et lisait dans ce livre,
Ce cher livre où sa Mère auparavant priait.

C'était le souvenir unique dont sa Mère
L'eut doté, souvenir d'un prix inestimé ;
Et c'est là qu'il apprit, désormais solitaire,
La source de bien vivre et celle d'être aimé.

Il reprenait alors ses coutumes d'enfance ;
Il essayait le soir, à genoux, de prier,
De chantonner tout bas quelque hymne d'espérance
D'implorer l'Eternel et de l'apitoyer.....

Pourtant, un soir, étrange et sublime mystère,
Il perçut une voix qui l'appelait du Ciel,
Voix d'ange que nul homme entendit sur la terre :
Si je me souviens bien on était à Noël.

Le bonheur s'annonçait à cette âme endeuillée;
Il vit sa chère Mère et Jeanne dans les cieux.
Charles sourit: " Maman, ma tendre fiancée,
Pour me prendre chez vous, qu'attendez-vous tous deux."

Les cloches de l'Eglise annonçaient à la terre
Noël, la grande fête, où l'Enfant- Dieu naquit
Dans une pauvre étable, au sein de la misère,
Ce Dieu, Maître du monde, à qui tout obéit.

Le prêtre célébrait pieusement l'Office;
L'assistance était toute attentive à prier;
Et Charles, qui n'avait jamais fait sacrifice,
Etait pourtant à jeun, voulant communier.

Et la faim qui tenaille et la soif qui torture,
Peut-être avaient sur lui plus de prise en ce jour;
Mais Charles résistait à sa faible nature:
N'avait-il pas pour lui la force de l'amour?...

Sa Mère et Jeanne au Ciel seraient bien plus heureuses
Quand elles le verraient au pied de cet autel,
Savourer un instant, heures délicieuses,
Une ineffable paix avec l'Emmanuel..

Trois fois la cloche tinte et le prêtre s'incline,
Comme pour recueillir quelque céleste don;
Aussi, Charles, trois fois, se frappe la poitrine
Pour implorer de Dieu le céleste pardon.

Il s'approche, il est là, hésite, tremble encore,
Rougit, veut retourner vivement sur ses pas.
Mais Dieu le soutenait et ce Dieu qu'il adore,
Le guide vers l'autel et dit: "Ne tremble pas..."

Il revit à nouveau Jeanne et sa bonne Mère;
L'une lui présentait une couronne en fleurs;
Et l'autre, dans sa main, lui montrait une rosaire,
Qu'elle avait goutte à goutte enfilé de ses pleurs.

Charles, moitié pleurant, retournait vers sa place;
Il s'était, tout d'un coup, senti réconforté :
Sa mère et Jeanne avaient, avant que tout s'efface,
Dit: " Viens, ô cher enfant, ô viens, mon Bien-aimé"..

La cloche allègrement carillonnait encore:
Si je me souviens bien, on était à Noël ;
Une blanche colombe a devancé l'aurore :
Charles, c'était son âme, avait rejoint le Ciel.

NUIT DE SOUFFRANCES

Je cherchais le sommeil pour calmer ma souffrance,
Mais je saignais du cœur et ne pouvais dormir;
Je voulais me distraire et troubler ce silence
Qui pèse sur les nuits et qui fait tant souffrir.

J'essayais de chanter une antique romance
Où quelque amour brisé fuyait le souvenir
Des jours lointains bien morts, jours de réjouissance,
Où l'on ne pensait pas qu'un jour tout dût finir.

Mais un mal m'oppressait la tête et la poitrine
Et de mon cœur meurtri les restes palpitants,
Fuyant de toutes parts l'auteur de ma ruine,
M'apportaient un remède aux blessures du temps.

Dans l'acuité des maux qui torturaient mon âme
Je croyais, dans l'oubli, guérir de ma douleur;
Mais chaque heure du jour en attisait la flamme
Et venait s'emparer d'un morceau de mon cœur.

Vous, ombres du remords, qui planez à toute heure,
Pour me martyriser, devant mon souvenir,
Pourquoi fréquentez-vous si souvent ma demeure,
Et sans cesse, pourquoi, me faites-vous souffrir?...

J'ai cru dans la bonté d'une amitié réelle,
J'ai cru, moi, posséder plus que tous les humains ;
L'ironique Destin en fit une infidèle
Et de ses aiguillons m'a déchiré les mains.

Le bonheur ici-bas : folie, amour, chimère,
Avaient pris domicile, un instant, dans mon cœur;
Mais, la rivalité qui dégrade la terre
M'a vite fait sentir le poids de sa rancoeur.

Je luttais sans succès contre cette faiblesse
Qui d'un caprice vain me faisait tant souffrir ;
Le sommeil ne vint pas dissiper ma tristesse
Et mon cœur souffrait tant que je croyais mourir.

Toujours, je revoyais une image connue
Errer autour de moi dans mes troublantes nuits;
Plus d'une fois, d'ailleurs, elle était revenue
Poser sont front brûlant sur ce cœur incompris.

O toi, visage aimé, qui venais solitaire,
Me consoler des maux dont je souffre tout bas,
Pourquoi m'as-tu laissé bien seul sur cette terre ?...
Pourquoi donc me quitter et ne revenir pas ?...

Va, j'ai tout oublié; j'ai pardonné d'avance
Aux auteurs de mes maux; j'aime ton souvenir;
Reviens auprès de moi pour calmer ma souffrance ;
J'oublie et ne pourrais jamais m'en repentir.

Non, mon cœur ne sait pas garder une rancune
Et pardonne toujours celui qui l'a blessé;
Il aime cette main qui fait son infortune
Et réclame ce cœur qui l'avait repoussé.

Mais, quoi, tu n'entends plus la voix de la souffrance?..
El tu te complais donc à voir souffrir autrui?.
Ton cœur a-t-il séché pour garder ce silence
Et pour ne pas répondre à l'appel d'un ami?

Eh quoi! lorsque jadis tu m'aimais bien encore
Est-ce en vain que ton cœur que l'on veut profaner,
A dit tout-bas ce mot que je me remémore,
Est-ce toi qui l'as dit et veux m'abandonner?...

Quand je te demandais d'une voix bien plaintive,
Si tu m'aimais encore et toujours m'aimeras,
Toi, tu me répondis, dans ton ardeur naïve :
"Je t'aimerai, toujours, ami, jusqu'au trépas!"

Et voilà qu'aujourd'hui, passé quelques semaines,
Tu m'as si simplenent renié de ton cœur;
Tu m'as laissé tout seul, au milieu de mes peines,
Et tu t'es fait parjure et ris de ma douleur.

Toujours souffrir, pleurer, aimer, sans certitude,
Voilà le triste sort qui trouble les humains.
L'homme après quelque temps s'en fait une habitude
Et son cœur, il le sème au milieu des chemins...

De quoi peux-tu souffrir, ô toi dont la jeunesse,
Encore toute en fleurs , vient d'éclore en ces lieux?
Qui t'a rempli le cœur d'une amère tristresse,
Et qui t'a fait monter tant de larmes aux yeux?

Je te vois abattu, là, sans force et sans vie,
Dévoré d'un ennui qu'on ne peut apaiser ;
Tu te laisses aller à la Mélancolie
Et les plus vifs tourments viennent de t'embraser,

De quoi peux-tu gémir en ce monde frivole,
Quand tu n'as pas encore eu de bien lourds soucis?...
Est-ce un chagrin d'enfant, une vaine parole,
Qui te font regretter le jour où tu naquis?...

Pourquoi cette langueur et ces teintes moroses
Qui te font incliner la tête sous son poids ;
Pourquoi rêver si jeune et gâter tant de choses,
Pourquoi souffrir, ami, pourquoi pleurer, dis-moi ?....

«Mon âme a traversé la foule indifférente,
«Désolée et souffrante;
A passé devant tous, distraite et sans effort,
«Comme un souffle de mort;

«A regardé la terre où le chagrin l'a prise,
«Petite âme incomprise ;
«A mouillé de ses pleurs le cœur indifférent
«Qu'elle aimait ardemment.

«J'ai regardé ce cœur que depuis longtemps j'aime ;
«Dans ma douleur suprême,
«J'ai vu qu'il m'évitait du milieu des humains ;
«Et me tordant les mains,

«Doutant qu'on puisse avoir une douce figure,
«Au sein de la nature,
«Et pourtant mépriser la sœur de la Beauté,
«Qu'on appelle Bonté,

«Je me voilais la face et pleurant en silence,
«Cette amère souffrance,
«Dont me dotait le Ciel, pour cuirasser mon cœur,
«Contre toute douleur,

«J'ai feint d'être guéri, d'avoir repris courage;
«Mais toujours son visage
«M'apparaissait, et moi, ne cessant de souffrir,
«J'aimais son souvenir.

«Ainsi le cœur souvent croit se dompter lui-même,
«Contre la main qu'il aime ;
«Et c'est elle souvent qui prend malin plaisir,
«A le faire souffrir ;

«Mais l'amitié finit, toujours dans la souffrance,
«Par perdre patience,
«Et ce cœur ulcéré, saignant, endolori,
«La jette dans l'oubli."

La vie est faite ainsi de misères humaines,
Maintes fois le serpent s'est caché sous les fleurs ;
On n'éprouve ici-bas que de multiples peines ;
Et le bonheur qu'on rêve étouffe sous les pleurs.

www.ingramcontent.com/pod-product-compliance
Ingram Content Group UK Ltd.
Pitfield, Milton Keynes, MK11 3LW, UK
UKHW020931180726
13838UKWH00002B/878